詩集

オウムアムア

田村雅之

2016～2018

砂子屋書房

目次＊オウムアムア　2016〜2018

装本・倉本　修

詩集

オウムアムア

2016〜2018

初浅間山

春早い日
蘇芳と媚茶色の混じる田芹を
摘むひとの翳が
大地を這い
ひと瘤、ひと瘤
眦を丑寅の白い山脈のかたにやると

みそらの天心に
脇見をしながら雁がわたる

ひとつら、ふたつら
互いの羽根を光らせ
天飛《あまだ》む、天飛むと口を振わせ
つぶやきかけているようだ
ああ、ずいぶんとみな四囲の感慨は
霜枯れた光景を見せて
すっかり老けこんでしまっている

そういうことだったのか

時代は黄昏れ
「おれは人間ではない、爆弾である」*
そう叫んだ髭の哲学者の一行など
まるでうそのよう
一世紀も経った
この家の梁のよそおいだ

厩橋の
柳瀬川の細波が
さわだつこころの内側を洗ってくれて
水漬く感情の淵から
なん倍にも力を増して

瀑布のように落ちるさまがみてとれる

記憶もおぼろであるが
ほそぼそとしたこころざしを
ひそかに抱きつづけた
そんな時もあった
さらにそののち幾年も
今また目見を西のみそらへ移しやると
遠に浅間《あさま》山が
ゆたのたゆたに
穂のようにけぶり立っているのが見えるのだ

蛇ではないけれど
ふゅるり口にひとすじ
初浅間
そうつぶやいて
さらに緯糸を、壮んな馬手に持って
杼を投げてみる
占！　と
鋭き声を喚げながら

＊ニーチェ

蠟弁花

カーテンを左右に開けて
屋の外を見ていたら
どんよりとした空から
雪が降ってきた
柔らかな
わずかにだが水をふふんだ

ささやかな天からの
贈り物だ

わが家の庭の蠟弁花《とさみずき》が
世間の光を割って
春の喜びを
あげているのが聞こえた
あたりは寂かな
雨音
檜皮《ひわだ》色をした簀の垣根を背に
淡黄色の花が咲いている
庭の中心にいて

ひときわ在り処を主張し
確かな映えを
見せている

凛凛と
風情のただなか
花弁のおかげで
今日のわたしの昏い心は
すこしずつだが
澄んで
生きているなと
確信している

いまは春ちかき
昼

奥三河花祭り幻想

なつかしい祭りの所作、動作
彼のひとは
ひたすらに魂を乞うというのだ
ひとり静かに
苦しみ、哀しみ
そしてさらには涙して

まさおのかがやきをもつ鉞と
真夜泣きするさびしい石斧を持って
鬼はあらわれる
白い幣帛《へいはく》の上の
彼のひとは
朱塗りの面の鬼に
山を割ってくだされと
うっすら汗をかいた青竹を見せて
赫奕の若水のしたしたと滴り落ちるそれを
割ってください
是非に

今日は花祭りだから
そう言って
彼のひとは
裘《かわごろも》をすべりおとすように無言で
その身を投げだすのだ

斎庭に作られた竈の前で
是非にと
そう乞われたが
こちらは翁
この腰の曲がりぐあい
からかっているのかと

そのように口説き返し
擬くように
所作を動作をくりかえしがえし
垂水の上の早蕨を
摘むように
あるは稲穂を刈り取る手つき
最後には
豊穣を祈るように
「天に花咲け、地に稔れ」と
所作し、動作し
乞われるままに

すでにあたりは蛙の
目借時
瞼をこすり、こすりし
祭りの時間は
流れるようにすぎゆきて
もう鎮めの払い清めの順番だ
男も女も皆
涙まじりの面をして
まみを交わし
トランスの、酩酊状態

神送りの歓喜まじりの

もがり、よがりの笛のしらべや太鼓の音が
平らかに、肌のようにすべらかに
おう、里山を越えて
ひとすじ魂乞いの
まぼろしに変化して
流れていくのがうっすらと見える

レギーネ

あたりを見まわせば
黎明などという言葉が
まるでうそのよう
赤い空から遮断機が下りてきて
涙垂れるごとき
疑問符あふれる現世を

帳が形を象っている

たとえば大蒜くさいエスカルゴのいくつかを
銀皿に乗せ
くるすを手に包んだ
ダニール・ワシリスキーの髭の姿を
懐かしく思い
灰色がかったシルクのスカーフを
手品師がするように引いてみると
たしかにそこに未来の魂が
飛び出してくるというのだ

フィルムの一齣一齣を
巻き戻すように
そのひとつひとつを確認するように
古代の記憶を封印したアンモナイトの耳飾りを
天竺帰りの辻説法の律呂を
冬ざれの擬宝珠に足を乗せた
メニュエールを病む武蔵坊弁慶を想像する

そのようにして
囚われびとの魚雁ではないが
祝詞をあぎとう鯉の口に
投げ入れてみるのだ

そうして一声
レギーネ！　と呼んでみる
レギーネとは誰かって？
反復の手紙を
受け取ることになる運命のあなたのこと

そう草莽の
血脈をひく
あなたの来世の名を呼んでいるのだ
「ねえ、後生だからもう一度」って
聞こえるだろうかあのこだまが

木の精の眠る森から
ひとすじひかりを縫って
ひびいてくるのが

おしゃもじ橋の、せんだんの花

半年分の未納の家賃を支払って
川崎の多摩区寺尾台の
身分不相応な瀟洒なマンションを出て
丘陵下の並みの住宅に移った
家の手前二十メートルに橋があって
その名はおしゃもじ橋

たもとに一本の棟の木が立ち
遅い春に淡紫の香気ある花をつける

いつか訪ねてきた小中英之が
例によって口を尖らせ
首の傾斜にしたがって
おいマサユキ！
せんだんの花が、と
しゃがれた声を揚げる
まだ四囲には自然の残り滓のようなものが
そこらにころがっていた頃だ

家の前にちょろちょろと
鬚のように流れる小暗き川があって
あるときいちばん下の二歳の娘が姿を消した
家脇の細道から読売ランドに行く
けもの道のようなひとに知られない道があるが
そこに迷い入ったのではとか
年増女の湿った膕のような
藻草筋ひく川底にあやまって落ちたのではないかとか
あたりを隈なくさがすのだが
見あたらない

するとどのくらいの時が

経ったのだろう
ほとほと探しあぐね疲れた身体が
ふと前橋の
厩橋近くの人盗り川を思いおこした
その途端
「誘拐」
その二文字がいなずまのように脳裏をはしった
まさか！
逢魔が時、血の気が引いた

ことほど左様
作用と反作用だ

楝の木
せんだんの花を目にすると
あのおしゃもじ橋の眩暈が
きのうのことのように
おもわれる

揺曳の形態

ぼんやりと修辞ひとつ思いあぐねて
わが陋居から、およそ斜めひだりに
首を捻ってみれば
鶸萌黄の木々が一面に並びたって
夏の初めの微風に揺れている

あれは山吹、指の爪ほどの花も秘かにつけて
また隣枝の闇に見えるは、合歓の稚木
それに夾竹桃も
青藍の花実を天に突き出しているのは
洞庭藍よ、と
白い腕を伸ばして、ひとりの女が教えてくれる

目の前の窓には
陽のひかりが、桑の葉ひらに落ちて
その細枝の揺曳の形態は
眇めする女の所作に似て
やけに具体的で、色のあるものなのだった

手——柏木義円

祖父はもちろんだが、その人柏木義円先生にも、一度は会ってみたかったたな。

いまでもその人のいた群馬安中の市の人からは、「なぜだかその理由は知らないのだけれど、とても偉い人だった」と言われている。

不撓不屈という四文字熟語がよく似合う。安中教会の牧師を四十年近くつとめ、「上毛教界月報」を出し続けた。非戦のキリスト者柏木義円。

下毛野の宇都宮の白緑の大谷石を積みあげつくられた、日本人の建てたもっとも古い教会。その壁に優しい面立ちの像画が、新島襄や海老名弾正、湯浅治郎らの画とともに、掛けられてある。

越後の小藩与板の真宗の住職の長男にうまれ、東京師範を出て、群馬の校長時代に新島襄の洗礼を受け、同志社、熊本洋学校に学び、再び熊本の洋学校で教職に就いた後、安中へ。

墓は教会の東の西広寺。いまから三十年くらい前のこと、おさない娘の手を引いて松並木のかすかに残る旧中山道の安中宿跡を歩いていたら、偶然義円の墓を見つけた。盆の入り近くのことだったと思う。そこには墓石を洗う女人が居た。お参りを希うと、喜ばれて、涼しい笑みを返してくれた。

たぶん、義円先生のお孫さんにあたる、ベエケン恵さんだったのではなかったかと、(つい最近になって、わかった)。

上品な立ち振る舞いに、わたしは『柏木義円集』二巻を出した伊谷隆一の友ですと、またわたしの祖父は十代の頃義円先生から洗礼を受けた田村浩で、我が家の墓もこの下の東光院にありますと、挨拶をしたのだった。

いまなら、こうも付け加えても見たかった。去年刊行された書簡集と日記があるが、その書簡の中で義円先生が、「田村浩さんも、いよいよ経済学博士になられたようです」という一文があることから、祖父とはかなり親しい仲だったようです、と。

ベエケンさんとは一期一会であった。その時お参りができただけで、充分に満足なのであった。

『柏木義円集』の二巻巻頭に、写真が一葉、「晩年の柏木義円」がある。その顔の静けさ、穏やかさ。大きくふくらみのある手の甲、その手の組みあわせ方。それが義円先生のすべてを表出しているように思われる。おさないものや、か弱いものに対しては、これ以上ない優しさを。富貴権門には決して負けず、おのれの意志をつらぬき通すこと。

すべてがこの手の組み方にあらわれている。

神の手なんて言うと安っぽくなるので、言わない。が、わたしにはとても真似ができそうにない。ひとつの人格のあらわれだ。

幾枚かの写真から、それを見つけ、理解したことだけで、今日は充分、満足なのであった。

無の造型——媾交

夢中のうわごとのように
なんの先験もなく
問われるまま
答えるがいい
このひとひらの画を眺めて
理解の届くかぎり

そのようにしてくれたまえ
平仮名の「へ」の字をかさね
無のすがたを
造形する
その奥下の汞《みずかね》の泉に
丹生の血田が潜んでいるかわからない、が
女は静かに受け入れているようだ

小さく細い指は
脇から肩口に
けぶるように登っている

しかしほんとうは見えない向こうの左手で
鑿の柄を握っているのか知れない
肉体だけがたしかに
石の皿と杵で研磨された
朱砂の丘のような
光と影がつくる
表情である

截りとられた
一瞬の画のうちからは
それ以上のおもいは
膨らんでこないのだが

はそうの唇は
たぶん釈迦仏のように
半開きなのだろう
幽い穴に竹の管を差し
ひたすらに注いだり吸ったりして
うす灰色の壷を
歓喜の面持ちで抱いている
これこそまさに、
全き真実

そなたニウヅヒメ
水銀の女神よ

そうは思わないか、と
まさおのことばを連れてひとすじ
谷渡りの風が
吹いてきた

出会い坂

神経を張って
螢坂をまるで蟹歩きするように
歩いていると
谷中界隈晩春暮色と
念仏を誦すように
ひとり呟く小柄な女に出会った

着物姿の涼やかな目を持っていた
まさか女僧ではないだろうなと思った
ぼくはあわてて
腕をとって
一緒に歩きたいなと思った
寺町だから

坂をゆるやかに下りながら
話をしていると
この春はやく
人っ子一人いない
小田原の透谷の墓のある

高長寺という寺で
淡い黄のまんさくの花を見たという
もしかしたらこの人はミナさんの生まれ変わりかも知れぬと
直感だったけれど思った
不思議なことに
ずいぶん昔に出会ったことのある人だとも
小学校の頃の須永先生に似ている
そうも思った

出会いなんて
わからないな
そう思って心躍らせている自分が

面白かった
そして少し怖くなっていた
わたしの生活抒情は
それから一変したのだった

滅紫

わが魂の奥処深くに
いまだ悠然と生きつづけている人
その母者の好きだった色は
二藍
藍と紅藍《くれない》との二つの「あい」の交染に依ったもの
ぼくはというと

紫根染の系統の色よりいくぶん華やかな
滅紫という
青黒味の増した色が好みだ
いつかの永遠の息のときに
一枚かけてほしい
夜明けまで
つるばみの幕に流れる星のかずをかぞえ
かがやく光景のいくひらかを拾い出して
物語を紡いでみよう

疲れたと
ついの目をとじるまでの

細い縷《いと》すじ
莞爾として笑う
刻の間に

鼎

青白い腕
鼎のすがたにして
月を持ち上げているようだ
足はまるで跣の犬だ
見ればたしかに徒歩の人ではあるが
平成の透谷先生のようではないか

よく見れば
あの腕の黝い蝶蝶のようなすがたのものは
刺青でしょう
たしかあだ名がトラベラーと言って
女子大生が騒いでた

精神が飛んで
ささくれて鬱々と
鉛色になって
背骨に入っているみたい
たぶん女にはたいそうモテるに

違いない
半端なく狂っているからね

しかし
あの方の身になってみたら
たぶん辛いよ
あまりにも遠いところを見ているから
精神の平衡が
保てないのだ

冷静になって
あの方が一体に

どこを見て
何を持ち上げているか
考えてみるといい

オソロシドコロ

「対馬幻想行」という
いまは亡き橋川文三の論稿を読み終わると
ふっと手綱を引いて
馬の首をかえすように
対馬に行こうか、とちかしい友を誘った
「諾」と即答がかえってきた

巨木の多い島だった
スダジイやイスノキやアカガシやタブやイヌマキなど
岬の先には横穴が掘られ
砲台がそこら中におかれた戦跡のある島だった
そうだもう朝鮮はすぐそこなのだった

島の南端の多久頭魂《たくずたま》神社に向かった
近くに表八丁郭という聖地があるらしい
「オソロシドコロ」と言って
島の人もよくは知らない
近寄ってはいけない

そんな秘密の場所だ

いわれは六七三年
と言ったって
ほんとうはよくはわからない
ずいぶん昔のこと
虚ろ舟に乗った高貴な女が太陽と
まぐわって感精し、子供を産んだ
「宝也上人」の菩薩号をもったその太陽の子が
天童法師なのだ
その法師の母の墓が
八丁郭なのだった

その祠のある龍良山南麓下の集落
内院、朝藻《あさも》、豆酘《つつ》などでは
古代米の赤米をそだてている
赤い稲穂がいまでもなびいているのだ

オソロシドコロに向かった二人
山を登り、ようようたどり着いた
鬱蒼とした湿気の多い森の中
原生林のその奥の奥に
ぼうとしたなにか黒いものが現れる
平らかな中くらいの石を三十段くらい積み上げた御嶽《うたき》
三角錐の墓所のいただきに木造のお社を置く

なにか強い意志を思わせる容だ

ややあって
そこから帰ろうと山をおりはじめるが
いま来た道がわからない
道なき道を登ってきたから迷い始める
二人は焦る
困った、山に盗られる
そう、一瞬思った
場所が場所だからだ
悪いことのほうだけを思い描く
たしかにオソロシドコロなのだった

旅の前、新宿のゴールデン街で
赤坂憲雄と新聞記者の酒場インタビューを受けていた
赤坂君が、「対馬かー、青海《おうみ》というところがある、
『両墓制』のあるとこなんだけど、
海がきれいなんだよなー」となつかしそうに
そう聞いたので、行ってみた
たしかにハングル文字の缶やらゴミの岸辺から
海を見やればきれいだ
古代の物置のような
雰囲気のある海辺の建物も味わい深かったのだが
それでもなぜか気は晴れないのだった

なぜなのだったのか

机上三巻

目前の机上の書物を
茫と眺め
ややあって、何気なし
手を伸ばし
そのうちの三冊を抜いてみた
一冊は昭和二十四年版の『旧約聖書』

東京日本聖書協会発行
裏表紙の見返しに「盛明堂」の売り上げシールが貼ってある
池袋西武デパート前
二十代の頃、池袋の古本屋で購入したものだ
一二五八ページの旧約と三八三ページの新約が収められている
途中、赤鉛筆で傍線が引かれてある
前橋の市立図書館で
当時、館長をしていた野口武久さんの許可をえ
萩原朔太郎の所有していた『聖書』を手持ちのカメラで接写し
同じ訳の版違いの書を買い求め、同じ箇所に朱を引いたのだった
そんな光景を、いまになって思い出した

もう一冊は『独和辞典』
昭和四十一年版の木村・相良監修のもの
表紙見返しにｙｕｒｉｋｏ　ｋｏｂａｙａｓｈｉ　と署名がある
最初の妻となったひとの所有していたものだ

もう一冊は一九六七年版の研究社版『新英和中辞典』
本扉に「××蔵書」と朱印が押されてある
二度目に結婚した女《ひと》が持っていた辞書である

朔太郎の聖書のうしろには
「エレナ」と呼ばれた馬場ナカさんがいたし
独和の脇には

ハイネやマルクスや
英和の陰には
ぼくの知らない幾人かの男友達がいたのだろう
ひとり褞袍《どてら》を着て
練馬のアパートで
夜中遅くに「道草論」を書いていた頃を思い出す
そんなこともあったな
机上の本を
そっと静かに元の位置に戻して
あらためて齢を重ねたことに
驚いている

でもなんか後ろ向きだな
つまらぬものを引きずり過ぎているようだ
礫や鞭が
飛んできそうな
平成の晩き正月
久しぶりの大雪の予報の出た大寒
窓の外では
しきりに風が鳴っている

滄桑之変

しずかな
もの音のひとつしない
秋の朝
それが此の世の舞台なのだ
一瞬の

赤蘇芳色と
鳶色との
綯交ぜになった桑の葉のひとひらが
すこし薄くいろづいた朱の実を五つ六つ付けた庭の
万両の楚《すわえ》に
軽々と乗っている

さらに幾ひらかは
真緋色と
辨柄色の
ちょうど中位のいろあいで
燃えすじの葉脈を繊《ほそ》く

葉先に向けて伸ばし
たったいましがた
宙からやってきたアラピトゥとか名告るひとの額のように
うつくしくかがやくすがたを見せて
この星の土に
落ちてきたのだ

糸を吐き
透き通ったからだになったからと
すだれに入って
新桑まよの衣をつくりあげる
こころざし高きかたのメタモルフォーゼを

未来の明るさを
ついに断念するかのような
桑の葉の色の移ろい

目の前は確かに
一瞬の劇
あたま冷たく透きとおり死ぬという
空頭病という
蚕の病もあるという
そんな退嬰的なことを考えることなく
ゲーテではないが
今日は、是非に

変わらぬ詩の真実を明かしてほしい

十八鳴浜《くぐなりはま》の夜

——鮎川信夫

一九八五年の十月一七日
旅の途中に電話が鳴った
あれからもう三十年近く経ったのだ
ぼくはほとけの世界をさほど信じはしないのだが
来年は俗にいう三十三回忌だ

巨匠というと変だ
大家とも似つかわしくない
まあいちおうの
大詩人
そうここでは言っておこう

死んだのだ
でえーんと
テレビの前でスーパーマリオブラザーズのステージの途中
突然の訃報に
ことばがなかった
ここ三陸海岸の南、気仙沼湾の

宴の席
すべてがすっ飛んだのだった

その晩
船に乗って離れの島の
旅籠《はたご》に泊まった
嵐をおもわせるほど
戸板に海からの風が吹きつけ
一晩じゅう波が打ち寄せ
浜を叩く
地鳴りの響きが
やまずに叩く

ねむれぬ床で
音は続き
浜をひとり歩く巨人の夢を見る
あれはダイダラボッチだったのかしら
黄褐色の石英粒の敷かれた
そこは大島の
十八鳴《くぐなり》浜と呼ばれた九九鳴き浜

巨人の足の裏で
きゅっきゅっ
くっくっ、と

こらえきれぬ声を出す
荒れた旅籠屋《はたごや》の薄暗い明りに
浜の砂丘は砂を刷《は》いて
まるでこれではこの夜は
まぼろしの女と
枕をともにしてるかのようだ
詩人が
それもかの大詩人が死んだ日だというのに

眼孔胎児

炎《ひ》を逃げし
胎児還暦
空襲忌
そんな句が母の晩年の句集『冬麗《ふゆうらら》』にある
この胎児は
すでに齢七十二にもなっている

たしかに
胎の中で見た
一九四五年の五月二十五日の
山の手大空襲の火
東北本線の大宮駅南の
無蓋防空壕からの眺めは
たいそううつくしかった
それは皮肉にも目黒の西郷山にあった洋館の
田村家の屋敷が燃えた火でもあったのだ

また母が

父の生まれた
浅草今戸あたりから
千葉方面へ買い出しに出かけたおりのこと
前うしろの見分けのつかない焼死体が
いくつもいくつも
堤の上下に転がっていて
隅田川にはおとなや子供の死体が何体も何体も浮いていた
そんな下町の目を覆わんばかりの光景を
母の鼓動を聞きながら
羊水のなかでわたしは
たしかに見たのだった

七月の四日
上州・安中は激しい雨
その日、祖父が死んだ

朝、好物の鮎を口にし、
昼も鮎の重湯
午後三時容体が急変し、危篤
前日届いた葡萄糖も
カンフル注射ももはや受け付けない
偉大な人だと尊敬されていたその人の
最後を見守る母の眼孔のなかに
胎児のわたしは居た

七月二十四日
母の実家に
特攻隊員からの連絡を取る兵士がやってきて
リュックから九州の豊前築城航空隊にいる
叔父の帽子、帯紐をとり出し
これは遺髪ですと言ったのだ
母と祖母に「会いに行ってあげてください」
飛び立つまで
あと四日しかないのです
武運長久もない
千人針もない

弾除けもない
飛び立つことは必ず死ぬこと

悲壮な祖母の顔
血の引けてゆくような緊迫した空気が部屋に漂う
そんな渦のなか
胎児のわたしは
たしかに
母の眼孔に居たのだった

ポスト・トゥルース

夢の入り口に
二羽の鶺鴒がやってきて
長い尾を振って
石婚《いしくな》ぎという名のとうり
たがいの愛の挨拶をしたそうにしているから
そっと静かに見守っている、と

この柿を剥いてください
奥には核《さね》があって
真の実ともいいます、と
文脈の乱れた鳥語で
甘たるき言葉が聞こえてきた

阜ともいうよな
恥丘のような土地を転げ落ちて
関が原の手前あたり
兵どもが、
その手前で

討ち死にをしたところ、と
さらに鳥語の文脈は乱れて
会話は十五年くらい続いたようだ

例のかたが
帽子を片手に
みそなわす
負けて疲弊した民はみな
お詫びをしているようなのだ
なぜか理由はわからないけれど
ポスト・トゥルース

六つら星が
統まる
玉飾りを糸で
ひとくくりにしたもの
すまるのたま

優しく声かければ
確かにと返し
如何、と訊ねれば
然、と答える
顎の下方から覗き見れば
そこは夢の中

もう、泥眼の翳り

守宮

守宮が
田舎の家の畳のうえで
一匹
死んでいた
仰臥して
まるで合掌をしているかのような

姿で

誰れも居ない大屋敷
往生は
日か夜か
たった一匹
天井を向いて
そこで一瞬
いなびかりがしたのだったか

オウムアムア

西暦二〇一七年の
神去月のこと
この地球では
いまだ見たことのない
姿かたちの
宇宙物体が発見された

その名は
オウムアムア
ハワイの言葉で「斥候」という意味だ

葉巻形をした
恒星間天体
数百万年から数億年間をかけて
宇宙線を浴び
溶けずに
太陽系に入ってきた

まるで宇宙の息嘯《おきそ》のよう

遠くからやってきた使者
敬意をこめてひそかに
空しい器、すなわち「虚」とあざなを
付けてやろうか

宇宙の漆黒の帳から
隕石が霰のごとく降ってくる
その中を完全沈黙をつらぬき通した代物
わずか全長四〇〇メートル幅四〇メートル
三〇〇度の太陽熱にも耐え
内に氷を抱え
こと座のベガから五度ばかり離れた位置

太陽系を離脱したのちは
ペガスス座に移動するという

その赤い船に
上等のスコッチを差し出してみる
酔生夢死のうつつ
すこしばかりのものだが

いやいや
そんないさおしの
誘惑なぞに
しみてたまるか、と

無言の答えが
返ってきそうだ

初出一覧

初浅間山	『ERA』八号、二〇一七年三月
蠟弁花	未発表
奥三河花祭り幻想	『花』六九号、二〇一七年五月
レギーネ	『歴程』六〇一-二号、二〇一七年六月
おしゃもじ橋の、せんだんの花	『ERA』七号、二〇一六年九月
揺曳の形態	『花』六七号、二〇一六年九月
手——柏木義円	『花』六八号、二〇一七年一月
無の造型——媾交	『ERA』九号、二〇一七年一〇月
出会い坂	『歴程』六〇〇号、二〇一六年一一月
滅紫	未発表
鼎	未発表
オソロシドコロ	『花』七一号、二〇一八年一月
机上三巻	未発表

滄桑之変　『歴程』六〇六号、二〇一八年九月

十八鳴浜の夜——鮎川信夫　『歴程』六〇六号、二〇一八年九月

眼孔胎児　『花』七二号、二〇一八年五月

ポスト・トゥルース　『花』七三号、二〇一八年九月

守宮　『花』七〇号、二〇一七年九月

オウムアムア　『ＥＲＡ』一〇号、二〇一八年四月

III

田村雅之詩集　オウムアムア

二〇一八年九月八日初版発行

著　者　田村雅之
神奈川県相模原市南区上鶴間一―二六―九（〒二五二―〇三〇二）

発行者　髙橋典子

発行所　砂子屋書房
東京都千代田区内神田三―四―七（〒一〇一―〇〇四七）
電話〇三―三二五六―四七〇八　振替〇〇一三〇―二―九七六三一
URL http://www.sunagoya.com

組　版　はあどわあく

印　刷　長野印刷商工株式会社

製　本　渋谷文泉閣